EH Héritage jeunesse

**Catalogage avant publication de Bibliothèque et Archives nationales du Québec et Bibliothèque et Archives Canada**

Perry, Chrissie

    La chouchou du prof

    (Go girl!)

    Traduction de : Teacher's Pet?

    Pour les jeunes.

    ISBN 978-2-7625-9041-8

    I. Oswald, Ash. II. Ménard, Valérie. III. Titre. IV. Collection : Go girl!.

*Teacher's Pet* de la collection GO GIRL!
Copyright du texte © 2007 Chrissie Perry
Maquette et illustrations © 2007 Hardie Grant Egmont
Le droit moral de l'auteur est ici reconnu et exprimé.

Version française
© Les éditions Héritage inc. 2011
Traduction de Valérie Ménard
Révision de Brigitte Trudel
Infographie : D.sim.al/Danielle Dugal

Nous reconnaissons l'aide financière du gouvernement du Canada par l'entremise du Programme d'aide au développement de l'industrie de l'édition (Padié) pour nos activités d'édition.

Gouvernement du Québec – Programme de crédit d'impôt pour l'édition de livres.

# Le chouchou du prof

PAR
## CHRISSIE PERRY

TRADUCTION DE **VALÉRIE MÉNARD**
RÉVISION DE **BRIGITTE TRUDEL**

ILLUSTRATIONS DE
## SHANNON LAMDEN

INFOGRAPHIE DE **DANIELLE DUGAL**

# Chapitre * un

— Magalie, par ici. Dépêche-toi !

Magalie sourit en apercevant Érika au milieu de la foule d'élèves dans la cour d'école. Érika sautille sur place et agite les bras.

Puisqu'il est interdit de courir dans la cour d'école, Magalie va rejoindre son amie d'un pas rapide.

— Devine quoi ? crie Érika, tandis que Magalie s'approche d'elle. Je viens de regarder le registre des élèves, et nous sommes enfin dans la même classe !

Magalie n'arrive pas à le croire.

— Croix sur le cœur ? demande-t-elle.

— Croix sur le cœur, répond Érika en dessinant une croix avec la main sur sa poitrine. N'est-ce pas formidable ?

C'est vrai ?

Magalie et Érika n'ont pas été dans la même classe depuis deux ans. Mais elles sont quand même restées les meilleures amies du monde.

Pendant les vacances, les filles ont formulé des vœux en cassant des os du bonheur, en soufflant les bougies sur le gâteau d'anniversaire d'Érika et en regardant l'étoile Polaire briller dans le ciel noir. Et chaque fois, elles ont fait le même vœu – être dans la même classe !

— Je me demande lequel de nos vœux s'est réalisé, dit Magalie en riant.

— Mon vœu d'anniversaire, c'est certain, répond Érika. Je me suis concentrée très fort pour celui-là.

Magalie secoue la tête.

— Non, je crois que c'est celui de l'os du bonheur, lance-t-elle. Tu sais bien que c'est toujours moi qui me retrouve avec le plus gros morceau.

— Ce n'est pas vrai, ce doit être... commence Érika.

Mais Magalie s'est mise à rire. Érika s'esclaffe à son tour.

— D'accord, dit Magalie en riant, dans ce cas, ce doit être le vœu que nous avons formulé à l'étoile Polaire. Celui que nous avons fait ensemble.

Érika hoche la tête.

— De toute façon, c'était la bonne nouvelle. Es-tu prête à entendre la mauvaise? chuchote-t-elle, en prenant soudainement un air sérieux. Devine qui sera notre enseignant?

Monsieur
Petit me fait
un peu peur.

— Pas monsieur Petit ? s'exclame Magalie.

Monsieur Petit porte toujours une veste, et il est convaincu que courir cinquante mille fois autour de la piste de course tous les matins est une excellente façon de commencer une journée ! Magalie n'est *pas* de cet avis.

Elle jette un coup d'œil de l'autre côté de la cour d'école, en direction de la voix retentissante de monsieur Petit. Il recrute déjà ses prochaines victimes – il tape les nouveaux élèves sur les épaules et leur donne des ordres sur la piste de course.

Magalie ferme les yeux pendant une seconde, puis elle baisse la tête pour éviter que monsieur Petit l'aperçoive parmi la foule.

Elle sent une tape sur son épaule. Elle ouvre les yeux lentement en s'attendant à voir le visage rouge de monsieur Petit. Mais il s'agit plutôt de Mia et d'Amélie.

— Ne sois pas ridicule, Érika, dit Mia. Nous sommes *toutes* dans la classe de l'enseignant le plus cool au monde.

Magalie plisse le nez.

— Tu crois que monsieur Petit est cool ? demande-t-elle.

Érika éclate de rire. Amélie rit encore plus fort.

— Bien sûr que non, répond Érika entre deux éclats de rire. Nous sommes avec madame Demers !

— Tu es une peste, Érika ! lance Magalie. Tu peux être certaine que je vais me venger.

Elle s'approche d'Érika en positionnant ses doigts pour la pincer. Mais Érika est plus rapide qu'elle.

— Hé, Érika, tu n'as pas le droit de courir dans la cour d'école, crie Magalie derrière elle. Mais Érika est trop loin pour l'entendre.

Magalie sursaute au moment où elle aperçoit son amie se faire gronder par le directeur. Mais elle ne peut effacer le sourire sur son visage.

Madame Demers fait partie du personnel de l'école depuis peu de temps, mais elle fait déjà bonne impression sur les élèves. Elle est rayonnante. Elle porte des jupes bouffantes et de gros colliers.

Même si Magalie ne connaît pas madame Demers, elle sait que la plupart de ses amies ont croisé les doigts et les orteils pour l'avoir comme enseignante.

Tout se déroule encore mieux que Magalie l'avait espéré. C'est comme si un génie avait exaucé son vœu, mais avec quelques extras en plus.

En fait, c'est de cette façon que lui sont apparues les choses au départ.

# Chapitre

**deux**

— Bonjour tout le monde, lance madame Demers en entrant dans la classe. Veuillez faire le tour des tables. Vous verrez votre nom inscrit sur un carton, et c'est à cette place que vous commencerez l'année.

Magalie trouve le carton sur lequel apparaît son nom. Elle est assise à la même table qu'Amélie, Émile et Samuel – mais pas Érika. Elle regarde derrière elle. Érika semble aussi déçue qu'elle.

— Madame Demers, est-ce que je pourrais changer de place avec Érika? crie Amélie. Je veux être assise avec Mia.

Soudain, tous les élèves demandent à changer de table. Madame Demers frappe dans ses mains.

— Veuillez conserver les places qui vous ont été assignées pour le moment, dit-elle.

— S'il vous plaît, madame Demers, la supplie Amélie. La coupe de cheveux d'Émile me fait peur. Il ressemble à un Pokémon!

Plusieurs enfants éclatent de rire. Magalie regarde Émile. L'année dernière, ses cheveux étaient très longs. Ils sont maintenant très courts et ses oreilles ressortent. Et il a l'air encore plus détestable avec la langue sortie.

S'il ressemble à un Pokémon, pense Magalie, c'est le plus mignon des Pokémon !

— D'accord. Mais nous sommes au moins assises ensemble, Magalie, soupire Amélie. Tu pourras me protéger du Pokémon.

Magalie rit. Amélie est plutôt comique, bien qu'elle puisse parfois être méchante.

— OK, tout le monde. Veuillez vous asseoir, leur ordonne madame Demers. Puis, elle pointe un grand tableau près de son bureau sur lequel elle a inscrit le nom de tous les élèves en lettres attachées. Et il y a dix carrés vides à côté de chaque nom.

— Voici comment fonctionne le tableau, explique madame Demers. Si vous travaillez bien en classe ou que vous faites vos devoirs, vous mériterez un autocollant que vous apposerez dans le carré.

Puis elle regarde en direction d'Amélie et dit :

— Vous pourriez également mériter un autocollant si vous vous comportez bien en classe.

— Ce n'est pas juste, plaisante Amélie. Ce sera *impossible* pour moi.

Magalie pince doucement Amélie sous la table puis regarde madame Demers à nouveau.

— Quand vous aurez récolté dix autocollants, vous pourrez piger dans la boîte chanceuse, dit madame Demers en soulevant une grande boîte derrière son bureau.

La grande boîte contient plusieurs petites boîtes, toutes emballées dans un papier scintillant.

Émile s'empresse de lever la main.

— Qu'est-ce qu'il y a dans les boîtes? demande-t-il.

— Bien, répond madame Demers en secouant la tête de manière à ce que ses boucles d'oreilles frappent contre son cou. Elles peuvent contenir de tout, des jeux ou des chaussettes puantes! C'est à vous de le découvrir. Écoutez bien cette histoire.

Magalie essaie de se concentrer, mais elle a de la difficulté à porter attention à l'histoire. Magalie adore la façon dont madame Demers lit. Elle peut facilement s'imaginer chaque personnage dans sa tête, même sans les images. Lorsqu'elle finit de lire, madame Demers prend des fiches d'exercices dans son bureau.

— Voici une liste de questions pour voir si vous avez écouté, dit-elle en distribuant les fiches.

L'exercice est plutôt facile. Magalie connaît les réponses à toutes les questions. Malheureusement, elle est ralentie par Amélie qui n'arrête pas de faire des pitreries à côté d'elle.

Madame Demers vient tout juste de demander à Amélie de se taire lorsque Magalie termine l'exercice. Elle lève la main ; madame Demers s'empresse d'aller la voir.

— Très bien, Magalie, la félicite madame Demers. Je crois que tu viens de mériter ton premier autocollant !

Toute la classe regarde, tandis que madame Demers appose l'autocollant à côté du nom de Magalie. Il est rose et il est écrit « BON TRAVAIL » en lettres dorées.

— Bravo Magalie ! dit Érika en levant le pouce. Magalie est très fière.

— Je parie que tu seras la première à piger dans la boîte chanceuse, chuchote Érika. J'ai hâte de voir ce qu'il y a là-dedans.

Tout le monde se met à rire et à parler de récompenses et de chaussettes puantes.

Amélie est anormalement calme.

# Chapitre trois

La première semaine d'école passe très rapidement. Magalie croit que c'est dû au fait qu'elle s'amuse beaucoup. Elle a l'impression qu'elle apprendra énormément avec madame Demers.

Les heures du dîner sont également très agréables. Magalie et Érika jouent avec Mia et Amélie. Amélie est douée pour inventer des jeux. Elle aime bien donner des ordres, mais cela ne dérange pas Magalie.

C'est maintenant l'heure du dîner. Plusieurs enfants sont assis dans la cour de récréation. Ils ramassent leurs déchets et se préparent à jouer.

— Nous devrions aller jouer au jeu du marqueur avec les garçons, suggère Amélie en prenant une poignée de raisins secs dans la boîte à lunch de Magalie. Le jeu du marqueur ressemble beaucoup au soccer, sauf que seule la personne qui a le marqueur a le droit de frapper le ballon.

— Cool! s'exclament Érika et Mia en chœur.

— Érika, tu sais bien que je n'aime pas ce jeu, murmure Magalie. C'est trop difficile.

Magalie sait qu'Érika adore ce jeu. En fait, Érika aime pratiquer toutes sortes de sports. C'est drôle comme deux meilleures amies peuvent être aussi différentes.

Érika regarde Magalie avec des yeux doux.

— S'il te plaît, la supplie Érika.

Magalie sourit.

— Érika, nous avons passé toutes nos heures de dîner ensemble depuis le début de l'année, dit-elle. Ça ne me dérange pas d'être séparée de toi aujourd'hui. Et en plus, j'ai un très bon livre que j'ai hâte de terminer.

— Es-tu certaine ? demande Érika tandis qu'Amélie lui tire le bras.

Magalie hoche la tête.

— Parfait ! Alors, on se voit plus tard, crie Érika, tirée de force vers la piste de course. De toute façon, je vais chez toi ce soir. J'ai entendu nos mères parler au téléphone et...

Sa voix s'estompe.

Magalie retire son livre de son sac et se dirige vers la piste de course. Le soleil lui

réchauffe le dos pendant qu'elle lit sur un banc. Elle se met à son aise, puis elle croise les jambes sur le banc.

Magalie lève les yeux de son livre de temps à autre pour regarder ses amis sur la piste de course. Elle a l'impression de faire deux activités en même temps !

Amélie fait rire tout le monde, comme d'habitude. Mais elle joue également très bien au jeu. Magalie a remarqué que c'est elle qui frappe le ballon la plupart du temps.

Soudain, Magalie sent une tape sur ses jambes. Elle repose immédiatement ses pieds sur le sol.

— Que fais-tu assise toute seule ici ?

C'est madame Demers qui est de surveillance ce midi.

— Bien, je lis, mais je regarde aussi mes amis, dit Magalie en montrant la piste de course du doigt.

Au moment où elle braque son doigt, Amélie attrape Émile par la taille et le lance par terre pour éviter qu'il frappe le ballon.

Madame Demers se redresse.

— Hé, il est interdit de plaquer les autres, crie-t-elle. Vous pourriez vous blesser !

Madame Demers s'assoit à côté de Magalie, puis elle se penche vers elle comme si elle allait lui dévoiler un secret. De près, elle sent les bonbons.

— J'étais comme toi lorsque j'étais plus jeune, lui confie madame Demers. J'avais toujours le nez dans un livre.

Magalie sourit. C'est agréable de s'imaginer madame Demers en petite fille. C'est encore mieux de penser qu'elle ressemblait à Magalie.

— Sur quel sujet porte ton livre ? demande madame Demers.

Madame Demers écoute attentivement, tandis que Magalie lui raconte l'histoire en détail. Puis, soudain, Magalie remarque que tous les enfants sont attroupés autour d'Amélie. Magalie a le mauvais pressentiment qu'ils parlent contre elle.

Lorsque Magalie termine son récit, madame Demers soulève le livre et regarde la couverture.

— Pourquoi ne ferais-tu pas ta présentation orale sur ce livre jeudi prochain ? Je suis certaine que les autres adoreraient entendre cette histoire.

Madame Demers se lève.

— Je ferais mieux d'aller voir ce qui se passe dans la cour de récréation, dit-elle. Ah, au fait, ajoute-t-elle en lui faisant un clin d'œil, ne mets pas tes pieds sur les bancs, s'il te plaît.

Magalie regarde les autres enfants qui se remettent à jouer sur la piste de course. Elle envoie la main à Érika, mais Érika ne la salue pas en retour. Magalie hausse les épaules. Elle se fait sûrement de fausses idées. Érika ne l'a probablement pas vue.

Magalie rouvre son livre. Elle croit deviner ce qui va se passer ensuite, mais elle a tout faux. C'est une histoire si captivante.

Le fil de l'intrigue est complètement inattendu. Et après en avoir terminé la lecture, elle se pose encore des questions à propos de ses personnages préférés. Elle est impatiente de lire le tome suivant.

Mais Magalie n'a aucune idée des intrigues qui l'attendent.

Et surtout que ces intrigues se passeront dans la vraie vie.

# Chapitre quatre

— OK, tout le monde, travaillez sur votre projet sur l'océan sans tarder, s'il vous plaît, ordonne madame Demers au retour du dîner.

Magalie prend un grand morceau de carton dans son casier, puis elle dessine un joli en-tête. Elle décide ensuite de décalquer un poulpe dans l'encyclopédie qu'elle a reçue pour Noël.

Elle s'applique à tracer le troisième tentacule du poulpe lorsqu'Amélie la bouscule. Le crayon de Magalie glisse sur le carton.

— Désolée, dit Amélie.

Mais elle ne semble pas réellement désolée. Magalie saisit sa gomme à effacer, puis fait disparaître le trait.

— Est-ce que vous pourriez me nommer une caractéristique à propos de la créature que vous dessinez? demande madame Demers pendant qu'ils travaillent.

Plusieurs élèves lèvent la main dans les airs, y compris Magalie. Magalie a remarqué qu'Érika a également levé la main.

Magalie arque son dos pour que sa main soit le plus visible possible. Cela lui démange un peu le dos, mais elle tient absolument à parler!

— Magalie ? demande madame Demers.

Magalie montre l'image. Puis, elle s'éclaircit la gorge, comme elle le fait chaque fois qu'elle s'apprête à dire quelque chose d'important à la classe.

— Les poulpes possèdent trois cœurs, révèle Magalie. Et ils ont également un bec semblable à celui d'un perroquet !

Madame Demers sourit et frappe ses mains l'une dans l'autre.

— Comme c'est intéressant, Magalie. N'est-ce pas fascinant, tout le monde? demande-t-elle à la classe.

Magalie sent ses joues rougir au moment où elle reçoit un autocollant. Elle regarde Érika par-dessus son épaule. Érika a baissé la main et s'est recourbée sur son dessin.

La plupart des enfants ont baissé la main. Magalie croit qu'ils avaient peut-être trop mal au bras.

Puis soudain, Amélie lève la main dans les airs.

— Oui, Amélie? l'interpelle madame Demers.

Amélie regarde Magalie sous son toupet en tenant son dessin. Puis, elle s'éclaircit la gorge, comme l'a fait Magalie précédemment.

Soudain, les joues de Magalie se mettent à rougir pour une tout autre raison. Est-ce qu'Amélie se moque d'elle?

— Les poissons peuvent nager, dit-elle d'une voix narquoise.

Puis elle s'esclaffe. Lorsqu'Amélie rit, toute la classe rit avec elle. Seule madame Demers ne semble pas impressionnée.

— Bien, c'est effectivement *vrai*, Amélie, dit-elle. Mais tu devras trouver un peu plus d'information pour mériter un autocollant.

Amélie hausse les épaules comme si cela lui était égal. Puis, Magalie aperçoit Amélie regarder la case vide à côté de son nom sur le tableau des récompenses. L'expression sur son visage change.

Magalie ignorait qu'Amélie n'était pas intéressée par les autocollants et la boîte chanceuse. Mais elle semble tout de même contrariée.

— Veuillez, s'il vous plaît, sortir l'exercice que je vous ai remis lors du cours d'anglais d'hier, dit madame Demers. Si vous l'avez déjà terminé, vous pouvez prendre la période pour lire.

Érika et Mia ont terminé l'exercice. Chacune se choisit un livre dans la bibliothèque de la classe, puis elles se rassoient à leurs places. Magalie a également complété l'exercice. Cependant, elle a lu presque tous les livres qui se trouvent dans la bibliothèque de la classe.

Magalie regarde autour d'elle. Amélie met de la pression sur son crayon. On dirait qu'elle punit la pauvre feuille d'exercices pour n'être qu'à moitié complétée.

Madame Demers s'avance près de la table de Magalie.

— As-tu un livre, Magalie ? lui demande-t-elle.

— En fait, j'ai terminé mon livre, répond Magalie. Et j'ai lu la plupart des livres dans cette classe, explique-t-elle.

Madame Demers hoche la tête.

— Bien, dit-elle d'un air pensif. Aimerais-tu aller à la bibliothèque de l'école pour emprunter le tome suivant de la série ?

Magalie sourit.

— Oui, s'il vous plaît. Ce serait formidable, merci ! dit-elle en souriant.

Pendant qu'elle rassemble ses effets, Magalie aperçoit Amélie écrire sur un petit bout de papier.

Magalie ne parvient pas à lire ce qu'elle écrit, puisqu'Amélie le recouvre avec son coude.

Puis, Amélie se penche sur sa chaise et remet le mot à Maude. Magalie observe, tandis que le mot passe d'une personne à l'autre. Il aboutit finalement dans les mains d'Érika et de Mia.

Magalie n'attend pas pour voir leur réaction.

Les pensées défilent dans sa tête pendant qu'elle se choisit un nouveau livre. Les autres filles lui cachent quelque chose. Même si le mot ne la concerne pas, elle se sent rejetée. Qu'a-t-elle fait ? Pourquoi ses amies la tiennent-elles à l'écart ?

Soudain, Magalie se rappelle qu'Érika vient chez elle après l'école.

Au moins, Érika va me dire ce qui se passe, pense-t-elle. Après tout, c'est encore ma meilleure amie... n'est-ce pas ?

# Chapitre cinq

— Érika, qu'est-ce qui ne va pas ? demande Magalie en déposant deux tasses de chocolat chaud sur la table, à côté de leur devoir.

Magalie a l'impression qu'Érika l'a fuie pendant tout l'après-midi à l'école. Et elles se sont à peine adressé la parole pendant le trajet vers la maison de Magalie.

Érika hausse les épaules. Elle prend une gorgée de chocolat chaud, puis saisit un crayon.

— Rien, dit-elle doucement, en ajoutant des dents pointues à un beau requin à l'apparence méchante. Je pensais à la tonne de devoirs que nous donne madame Demers. Les élèves de monsieur Petit n'en ont presque jamais.

— Nous devons simplement terminer la couverture de notre projet sur l'océan, dit posément Magalie. Et le tien est vraiment magnifique. Je parie que tu recevras un autocollant.

Érika mordille sa lèvre et jette un coup d'œil à la couverture du projet de Magalie.

— Ça m'étonnerait, dit Érika. C'est toi qui recevras l'autocollant... encore. Et ensuite, tu en auras récolté neuf.

Son timbre de voix est bizarre. On dirait qu'Érika n'est pas heureuse que Magalie ait mérité autant d'autocollants.

— Voyons, Érika, s'empresse de répondre Magalie. Tu en auras sept... tu peux facilement me rejoindre.

Érika se masse le front. Pendant un moment, Magalie croit que son amie va se mettre à pleurer.

— Érika, qu'est-ce qu'il y a? demande Magalie à nouveau.

Érika pousse un long soupir.

— Ce n'est pas juste, dit-elle. Pourquoi est-ce que c'est toi qui reçois tous les autocollants? Et pourquoi as-tu le droit d'aller à la bibliothèque de l'école alors que les autres doivent se contenter des livres qui se trouvent dans la classe?

Magalie n'arrive pas à croire ce qu'elle entend.

Pourquoi
Érika est-elle
jalouse?

— Un instant, Érika, souffle-t-elle. C'est toi qui n'es pas *juste*! Je travaille fort pour obtenir ces récompenses. Et j'ai pu aller à la bibliothèque de l'école parce que j'avais lu tous les livres de la classe.

Magalie sent les larmes lui monter aux yeux et décide de se taire. Elle ne se mettra *pas* à pleurer.

— Qu'est-ce qui était écrit sur le petit mot ? demande Magalie. Est-ce qu'Amélie a écrit quelque chose sur moi ?

Érika tortille l'une de ses tresses. Une expression de culpabilité inonde son visage.

— Oui, répond Érika. Mais elle n'est pas la seule à penser...

Elle arrête soudainement de parler. Puis, elle reprend un crayon et recommence à dessiner.

— À penser *quoi* ? demande Magalie, perplexe. Qu'est-ce que j'ai fait ?

Érika dépose son crayon. Elle regarde Magalie dans les yeux.

— Je pense que je vais appeler ma mère et lui demander de venir me chercher, dit-elle.

— Érika, insiste-t-elle. Tu ne peux pas commencer à me dire quelque chose et t'en tenir là. Tu es supposée être ma meilleure amie...

Une bête larme coule sur sa joue. Elle l'essuie.

Érika soupire. Elle semble aussi triste que Magalie.

— Amélie dit que tu nous as dénoncés pour le plaquage, dit-elle posément. Elle t'a vue nous montrer du doigt quand tu étais assise sur le banc avec madame Demers. Et les autres disent que tu es prête à tout pour faire bonne impression sur madame Demers. Même à dénoncer tes amis !

Magalie s'éclaircit la voix.

— Je ne dénoncerais *jamais* mes amis, répond-elle.

Elle se sent soudainement très fatiguée.

— Je parlais simplement de mon livre avec madame Demers. Et j'ai seulement pointé mon doigt vers vous pour lui indiquer que je vous regardais jouer.

Magalie ferme les yeux. Elle ressent le besoin de les reposer. Lorsqu'elle les rouvre, elle remarque que l'expression sur le visage d'Érika a changé. Elle ne semble plus fâchée.

— Tu ne nous as pas dénoncés, c'est vrai ? demande-t-elle.

— Croix sur le cœur, dit Magalie en dessinant une croix sur sa poitrine avec son doigt.

Érika esquisse un petit sourire.

— Je te crois, dit-elle en hochant la tête. J'ai *juré* à Amélie que tu ne ferais jamais une chose pareille. Mais elle était tellement convaincue...

Érika sourit soudainement.

— Pourquoi ne terminerions-nous pas notre devoir plus tard? Nous pourrions aller faire du trampoline, propose-t-elle. Et je vais téléphoner à ma mère pour lui demander si je peux rester pour souper.

Magalie sourit. Elle se sent encore un peu fatiguée. C'est désagréable de se disputer avec sa meilleure amie. Elle est heureuse que ce soit terminé.

Au moins, elle a réglé le conflit avec Érika.

Elle espère seulement que tout rentrera dans l'ordre avec les autres filles de la bande.

# Chapitre
## six

— Madame Demers, vous ne me réprimanderiez pas pour quelque chose que je n'ai pas fait, n'est-ce pas? demande Amélie le matin suivant devant toute la classe.

— Bien sûr que non, Amélie, l'assure madame Demers.

— Bien, répond Amélie, car je n'ai pas fait mon devoir.

Tout le monde éclate de rire. Madame Demers a même de la difficulté à garder son sérieux.

Maude rit particulièrement fort. Son rire ressemble au cri d'une oie. Chaque fois que Maude recommence à rire, toute la classe s'esclaffe de nouveau. C'est très drôle, pense Magalie. Maude est vraiment comique. Son rire n'a rien à voir avec son physique.

— Ça suffit maintenant, lance madame Demers. Deux fois plus de devoirs pour toi ce soir, Amélie. Et tu *seras* réprimandée pour quelque chose que tu n'as pas fait si tu ne me les remets pas demain, dit madame Demers d'une voix autoritaire.

Les élèves font un exercice de mathématiques pendant que madame Demers jette un coup d'œil aux pages de couverture de leurs projets. Magalie ne raffole pas des mathématiques, mais elle fait du mieux qu'elle peut. Cela semble interminable. Madame Demers leur dit enfin d'arrêter.

— Vous avez tous mis beaucoup d'efforts dans vos projets, dit madame Demers.

Du coin de l'œil, Magalie aperçoit Amélie regarder le tableau en haussant les épaules. Elle donne l'impression de ne pas s'en soucier.

— Trois de vous avez fait un travail exceptionnel, poursuit madame Demers. Alors, le premier autocollant est remis à Émile.

Émile applaudit et lève la main dans les airs, tandis qu'il récupère son autocollant. Puis, il l'appose sur le tableau, à côté de son nom. C'est le même autocollant, celui sur lequel est inscrit « Bon travail ».

— J'en ai neuf! crie-t-il. À moi les chaussettes puantes!

— Le deuxième autocollant est remis à Mia, poursuit madame Demers.

— Neuf, neuf, neuf! s'exclame Mia en dansant. Et je pigerai dans la boîte chanceuse avant toi, Émile!

Magalie applaudit Mia, qui après avoir recueilli son autocollant « Bon travail », l'appose à côté de son nom.

— Et la dernière personne à mériter un autocollant est... Magalie, dit madame Demers.

Magalie prend son autocollant en souriant.

— J'y suis presque, crie-t-elle, tandis qu'elle appose son autocollant à côté de son nom.

En se redirigeant vers sa table, elle aperçoit Amélie qui roule des yeux. Puis, Amélie se tourne en direction de Mia et d'Érika.

— C'est ce que je vous disais, chuchote Amélie de manière à ce que madame Demers ne l'entende pas. C'était évident que l'autocollant du *chouchou du professeur* allait être différent !

Magalie fronce les sourcils. Elle regarde autour d'elle et constate que tout le monde a les yeux rivés sur le tableau des récompenses. Qu'a-t-elle fait de mal ?

Magalie examine le tableau et soupire. Son nouvel autocollant est différent des autres. Il est jaune et mauve, et il y a une licorne au centre. Au-dessus est inscrit

« Bravo ! »

Magalie soupire profondément. Elle devrait être fière. Il ne lui manque qu'un autocollant avant de pouvoir piger dans la boîte chanceuse.

Mais elle n'est pas fière. Elle se sent plutôt seule.

# Chapitre
## *sept*

Sur l'heure du dîner, Magalie est heureuse de participer à un atelier de musique à la salle polyvalente. Et, pour une fois, cela la réconforte de savoir qu'Érika, Amélie et Mia ne jouent pas d'un instrument.

Elle souhaite seulement s'évader dans la musique pendant un moment. Il se passe tant de choses avec ses amies qu'elle ne parvient pas à comprendre ces jours-ci.

Émile s'assoit à côté de Magalie, puis il retire sa guitare de son étui.

— Veux-tu que nous pratiquions notre duo ? demande Émile.

Magalie hoche la tête et pose sa guitare sur son genou.

Magalie enchaîne les accords, tandis qu'Émile pince les cordes de sa guitare pour agrémenter la mélodie.

Magalie sent la musique vibrer en elle. C'est une sensation agréable. Jouer de la guitare lui permet de s'évader, de faire le vide dans sa tête. Elle ne pense qu'aux prochains accords.

Émile et Magalie ont fait beaucoup de progrès. La dernière fois qu'ils ont joué ensemble, ils ont commis plusieurs erreurs. Mais aujourd'hui, ils en ont fait qu'une seule, et ils sont parvenus à très bien la camoufler.

— Hé, vous avez joué cette chanson à merveille! dit monsieur Sirois, leur professeur de musique, en s'accroupissant devant leurs chaises. Pourquoi ne la joueriez-vous pas à la réunion de demain matin?

Magalie observe Émile. Son sourire fait ressortir les fossettes de ses joues.

— Vous voulez que *nous* jouions ?
demande-t-il.

Il lance un regard furtif à Magalie puis se
retourne en direction de monsieur Sirois.

— Et si nous échouions ? Croyez-vous
vraiment que...

— Je crois que vous ferez un tabac ! l'in-
terrompt monsieur Sirois.

La cloche qui annonce la fin de l'heure
du dîner sonne. Émile fait la grimace.

— Pourrions-nous pratiquer une dernière
fois ? S'il vous plaît ? demande-t-il à monsieur Sirois.

Magalie regarde sa montre. Elle déteste
être en retard. Mais Émile la supplie.

— Allez-y, dit monsieur Sirois. Je vais
m'arranger avec madame Demers. Vous

pouvez avoir une demi-heure supplémentaire.

— Merci, dit Magalie.

Elle est heureuse de pouvoir jouer de la guitare plus longtemps. En fait, elle souhaiterait rester dans la salle polyvalente pour toujours.

Mais cette demi-heure passe rapidement. Beaucoup trop rapidement.

— Bonjour les musiciens, dit madame Demers au moment où Émile et Magalie entrent dans la classe. J'ai entendu dire que vous alliez nous jouer une chanson lors de la réunion de demain. Une performance devant toute l'école vaut assurément un autocollant.

Magalie sent son cœur bondir dans sa poitrine. Toute cette histoire d'autocollants et de boîte chanceuse commence à l'agacer.

— Nous avons entamé un nouvel exercice, poursuit madame Demers. Il s'agit d'un questionnaire qui me permettra de mieux vous connaître.

Quelqu'un a déjà commencé à remplir son questionnaire. Magalie sait à qui appartient cette écriture. La personne a appuyé si fort avec son crayon que la mine a perforé des petits trous dans la feuille. Amélie !

Magalie fige. C'est comme si sa vie se résumait à ce bout de papier. Elle voudrait le déchirer, mais elle parvient à peine à

Mon nom est: Magalie

Mon surnom est:
Le chouchou du professeur

Mes passe-temps sont: Dénoncer mes amies
et m'attirer la sympathie de mon
enseignante

Ma date de fête est:

Ma couleur préférée est:

Mon animal préféré est:

bouger les mains. Elle pose ses mains sur sa tête.

Elle serre fermement les paupières, et espère parvenir à empêcher les larmes de couler. Elle ne va certainement pas se mettre à pleurer.

Magalie regarde entre ses doigts. Amélie est tournée en direction de Mia et Érika, et

les fait rire à propos de quelque chose...
encore.

Magalie soupire. Elle en a assez de toujours vouloir bien faire. À quoi bon faire tant d'efforts quand tout finit par aller de travers, de toute façon?

Elle trouve injuste de se faire traiter de *chouchou du professeur* alors qu'elle ne souhaite que bien faire. C'est encore pire que de se retrouver dans une situation délicate. Et c'est pire que tout ce qui peut arriver à l'école.

Magalie prend une grande respiration. Puis elle déchire sa feuille d'exercices.

— Pourrais-je avoir une autre feuille, s'il vous plaît? demande-t-elle.

Madame Demers incline la tête sur le côté.

— Pourquoi, Magalie ? demande-t-elle.

— Oh, j'ai seulement envie de modifier certaines choses, répond Magalie.

Beaucoup de choses, pense-t-elle intérieurement.

# Chapitre
## huit

Après avoir terminé leurs fiches person-
nelles, les élèves continuent de travailler sur
leur présentation orale. Magalie est absor-
bée dans ses idées et ses plans, pendant que
Mia raconte l'histoire d'un livre qu'elle a lu
à toute la classe.

— Bon travail, Mia! s'exclame madame
Demers lorsqu'elle termine. Tu nous as tous
convaincus de lire ton livre!

Mia se balance d'un pied à l'autre à
l'avant de la classe, et remet de l'ordre dans

les feuilles de sa présentation. Elle semble embarrassée et heureuse à la fois.

— Je crois qu'elle mérite un autocollant, n'est-ce pas? demande madame Demers à la classe.

Tout le monde applaudit, tandis que madame Demers remet un autocollant à Mia.

Mia fixe les yeux sur son autocollant pendant un moment. Puis elle l'appose délicatement sur le tableau, à côté de son nom. Elle en a accumulé neuf, tout comme Magalie.

— Hé, pourquoi Mia a-t-elle l'autocollant avec la licorne? crie Amélie.

Madame Demers lève la main en l'air pour démontrer à Amélie qu'elle n'est pas censée crier.

Puis elle s'avance vers Amélie en tenant un rouleau d'autocollants dans sa main. Elle en sort quelques-uns de la boîte pour les montrer à Amélie.

— J'ai entamé un nouveau rouleau, explique-t-elle. J'ai terminé le précédent. Je crois que Magalie a eu le premier de cette liasse. Pourquoi demandes-tu cela, Amélie ?

Magalie observe Amélie qui plisse le nez et gratte son oreille.

— Ah, pour rien, répond doucement Amélie.

— D'accord, c'est ton tour, dit madame Demers en tapant Magalie sur l'épaule.

Pendant que madame Demers se redirige vers son bureau, Magalie glisse sa présentation dans la poche de son pantalon.

Les choses semblent rentrer dans l'ordre. Tout le monde sait que Magalie n'a pas eu droit à un traitement de faveur lorsqu'elle a reçu l'autocollant avec la licorne. Mais elle ne gâchera pas tout en allant mériter un autre autocollant et en devenant ainsi la première élève à piger dans la boîte chanceuse !

C'est simple. Elle doit essayer d'agir à l'inverse de ce à quoi les autres s'attendent. Elle *doit* échouer son travail. C'est la seule

façon de convaincre les autres enfants qu'elle n'est pas *le chouchou du professeur.*

— Hum, je n'ai pas fait ma présentation, clame Magalie.

Amélie ouvre la bouche et baisse les yeux sur les feuilles écrasées entre le pantalon de Magalie et sa chaise.

— Bien, c'est dommage, Magalie, dit madame Demers. Ce sera ton devoir pour ce soir dans ce cas.

Magalie hausse les épaules comme l'a fait Amélie. Elle souhaite donner l'impression qu'elle ne se soucie pas de son devoir ni des autocollants.

C'est difficile, mais elle pense que ce n'est qu'une question de pratique. Très bientôt, elle deviendra la reine de la désobéissance.

Magalie retrousse son pantalon. Les feuilles de sa présentation se froissent entre son pantalon et la chaise, ce qui produit un drôle de bruit.

— Qu'est-ce que c'était? demande madame Demers.

Amélie regarde Magalie en ricanant.

— Ah, désolée, dit-elle.

Plusieurs enfants rient et agitent les mains devant leurs visages, prétendant repousser une mauvaise odeur.

Magalie mordille sa lèvre pour refouler le sourire qui menace de s'afficher sur son visage.

Elle se sent bizarre de prétendre ne pas avoir fait son devoir. Mais elle est ravie d'avoir fait rire la classe pour une fois.

— D'accord tout le monde. Ça suffit, dit madame Demers. Érika, tu es la suivante.

Érika griffonne quelque chose en vitesse. Puis, elle prend ses feuilles et se dirige à l'avant de la classe. Pendant qu'Érika fait sa présentation orale, Magalie aperçoit un petit mot passer devant elle. Amélie a ajouté quelque chose au mot avant de le transmettre à Magalie.

Érika a écrit :

*Magalie n'est plus le chouchou du professeur.*

Et juste en dessous, Amélie a inscrit :

C'est vrai. Magalie est cool !

Magalie sourit tandis qu'elle lit le mot. Elle le glisse dans la poche de son pantalon, avec sa présentation orale.

Elle maîtrisera peut-être l'art de l'indiscipline plus vite qu'elle ne le pense !

# Chapitre neuf

Magalie se sent épuisée après avoir traîné sa guitare dans l'enceinte de l'école. Elle n'a pas bien dormi la nuit précédente. Elle a fait toutes sortes de rêves dans lesquels elle jouait devant l'école lors de l'assemblée. Et aucun d'entre eux ne s'est bien déroulé.

Dans un rêve, elle a intentionnellement raté la chanson. Elle était heureuse de ne pas avoir récolté l'autocollant qu'il lui manquait pour pouvoir piger dans la boîte chanceuse. Mais Émile était très triste.

Dans un autre rêve, Émile et elle ont joué à la perfection, sans faire une seule erreur. Mais elle a reçu un autocollant et a retiré un magnifique collier de la boîte chanceuse. Dans ce rêve, toutes ses amies ont cessé de lui parler.

Magalie ne sait toujours pas ce qu'elle fera. L'étui de sa guitare frappe contre ses jambes, tandis qu'elle rejoint la foule d'élèves.

— Je suis tellement nerveux! chuchote Émile en s'assoyant à côté de Magalie. Mais je suis également excité. Pas toi? J'espère que nous ne ferons pas d'erreurs. Je vais te regarder jouer. Ça m'aide beaucoup.

Le cœur de Magalie fait un bond. Si elle joue bien, elle recevra sans aucun doute son dernier autocollant. Et on la surnommera encore *le chouchou du professeur*. Elle ferme les yeux et réfléchit. Elle ne supporterait pas qu'on se moque d'elle à nouveau. C'est décidé – elle va saboter la chanson. Elle a résolu son problème.

Jusqu'à ce qu'elle ouvre les yeux et aperçoive Émile qui la regarde... Il a les yeux écarquillés, et un sourire de nervosité fait ressortir les fossettes de ses joues.

Magalie pousse un long soupir. Elle n'a peut-être tout simplement pas ce qu'il faut pour être méchante. Elle est incapable de décevoir les autres.

— Crois-tu que tout ira bien? demande Émile.

Magalie soulève sa guitare.

— Je crois que nous ferons un tabac, chuchote-t-elle.

Les enfants applaudissent et tapent Magalie et Émile dans le dos, tandis qu'ils se frayent un chemin parmi la foule d'élèves pour aller rejoindre leur groupe. Leur représentation s'est déroulée à la perfection. Ils n'ont pas fait une seule erreur !

Émile gratte quelques accords en marchant, comme s'il se prenait pour une vedette rock qui offre un rappel à son public. Magalie ne peut s'empêcher de sourire, même si elle appréhende ce qui va se passer une fois qu'elle sera de retour en classe.

— Hé, beau travail, le Pokémon, crie Amélie au moment où ils approchent.

— Et toi aussi, Magalie! ajoute Mia.

Magalie sent une secousse sur son bras au moment où Érika surgit à ses côtés.

— Tu as été géniale, murmure Érika.

La voix de monsieur Petit résonne dans la salle, tandis qu'il s'adresse à la foule dans le micro. Magalie le regarde. Aujourd'hui, son habit est violet avec des lignes roses. Cela fait presque mal aux yeux.

— Vous semblez avoir de l'énergie à revendre aujourd'hui, lance-t-il. Je crois donc que nous ferons un peu d'exercice pour canaliser toute cette énergie, poursuit-il.

Magalie fait la grimace. Elle sait ce qui s'en vient.

— Tout le monde à la piste de course pour deux tours, crie monsieur Petit.

Magalie hésite, alors que les enfants s'agitent autour d'elle, pressés de se rendre à la piste de course et de commencer à courir. Amélie manque la renverser en décampant.

— Ton spectacle s'est très bien passé, dit madame Demers au moment où Magalie commence à marcher en direction de la piste de course. Je vais te donner un auto-collant lorsque nous retournerons en classe.

Tu seras rendue à dix... et tu sais ce que ça signifie !

Magalie hoche la tête. C'est peut-être une bonne chose de devoir courir sur la piste de course au bout du compte. Elle aura plus de temps pour se préparer à l'idée de se faire surnommer *le chouchou du professeur* à nouveau.

# Chapitre dix

Les élèves sont positionnés par groupes d'âge à la ligne de départ. Magalie est en compétition contre Érika, Mia et Amélie. Mais elle prend rapidement du retard. Les jambes de Magalie ne sont pas rapides. Par contre, les pensées défilent à une vitesse inouïe dans sa tête.

En arrivant dans la première courbe, avec beaucoup de retard sur les autres, elle pense soudainement à Amélie. Madame

Demers leur rappelle sans cesse qu'ils doivent se mettre dans les souliers des autres. Les souliers d'Amélie ont de la facilité à gagner. En fait, ils remportent la course. Mais sur le tableau des récompenses, Amélie est loin derrière.

Magalie pense au visage triste d'Amélie lorsqu'elle regarde le tableau d'autocollants. Puis, soudain, Magalie en vient à la conclusion qu'Amélie souhaite probablement remporter des autocollants. Elle fait peut-être semblant de ne pas s'en soucier? Elle hausse peut-être les épaules et fait des blagues pour cacher ses sentiments?

Lorsque Magalie traverse la ligne d'arrivée, elle se prend les pieds dans les lacets de ses souliers. Elle a fait du mieux qu'elle a pu, mais elle est quand même arrivée dernière. C'est frustrant. Mais d'un autre côté, c'est une bonne chose.

C'est épuisant de penser à toutes sortes de façons d'être méchante avec les autres pour être acceptée. Elle a l'impression d'essayer de devenir une personne qu'elle n'est pas.

Tandis que Magalie tente de reprendre son souffle, elle se demande si elle s'y est prise de la mauvaise façon pour se faire des amies.

— Vous semblez tous à bout de souffle, dit madame Demers lorsqu'ils se rassoient à leur table après la course. Comment s'est passée la course ?

Magalie lève la main le plus haut possible.

— Oui, Magalie ? demande madame Demers.

— Amélie a aisément remporté la course ! s'exclame Magalie. Elle a été formidable. Vous auriez dû la voir !

— Amélie! dit madame Demers.

— Oui? répond Amélie en affichant un air de culpabilité, comme si elle était sur le point d'avoir des ennuis à nouveau.

Madame Demers sourit.

— Tu viens de mériter ton premier auto-collant. Félicitations!

Amélie regarde Magalie et lui adresse le plus grand sourire du monde. Puis, elle soulève le bras de Mia.

— Mia est arrivée en deuxième position, dit-elle.

— Ça alors, on dirait bien qu'elle vient de mériter son dixième autocollant, dit madame Demers. Félicitations à toutes les deux !

Madame Demers ouvre le tiroir de son bureau et en retire une liasse d'autocollants.

— Et voilà, les étoiles de la course, dit-elle en remettant des autocollants à Mia et à Amélie.

Mia appose son autocollant sur le tableau sans tarder. Mais Amélie garde le sien dans sa main et l'examine attentivement avant d'aller le coller à côté de son nom sur le tableau.

— Merci Magalie, chuchote-t-elle en se rassoyant.

Magalie sourit. Elle est la pire marathonienne du monde. Mais elle se sent bien.

— OK, Émile, voici ton autocollant pour ton imitation de vedette rock de ce matin, dit madame Demers.

À présent, deux autres personnes peuvent aller piger dans la boîte chanceuse! Magalie est heureuse de ne pas être la seule.

Madame Demers lui fait un clin d'œil.

— Et voici ton autocollant bien mérité, Magalie, dit-elle posément.

C'est comme si elle était au courant de ce qui s'est passé.

Magalie lui sourit. Elle ressent à nouveau la fébrilité qu'elle avait au début de l'année lorsqu'elle a appris qu'elle et Érika étaient dans la même classe, et que madame Demers allait être leur enseignante.

— Alors, qui est prêt à découvrir ce qui se cache dans la boîte? demande madame Demers.

# Chapitre

## onze

— Il n'y a qu'une seule règle à respecter pour la boîte chanceuse, dit madame Demers.

Les élèves sont assis les jambes croisées sur le tapis. Magalie pigera après Érika et Émile. Les cris et les voix s'élèvent dans la pièce.

— Vous devez saisir le premier paquet que vous touchez, dit-elle. Vous avez deux secondes. Mia peut commencer.

Mia se lève et retrousse les manches de son uniforme scolaire. Elle insère la main dans la boîte, et la ressort presque aussitôt.

Mia déballe son paquet devant tout le monde. À l'intérieur se trouve un bocal rempli de sucettes. Elle sourit.

— Pas mal! lance-t-elle. Ce sont mes friandises préférées.

— Les miennes aussi! s'exclame Amélie. Et je suis *certaine* que tu vas les partager avec moi, n'est-ce pas?

Mia brandit le bocal devant le visage d'Amélie.

— Peut-être, blague-t-elle.

— OK, Émile, voyons voir ce que te réserve la boîte chanceuse, dit madame Demers.

Émile se redresse et lève les bras dans les airs, tandis qu'il se dirige vers la boîte chanceuse. Magalie sourit. Il semble que cette histoire de vedette rock lui ait monté à la tête.

Il insère la main dans la boîte, puis la retire.

— Hum, c'est très doux, dit-il en tournant le paquet dans ses mains.

— Dépêche-toi, le Pokémon ! crie Amélie.

Émile tourne le dos à la classe. Magalie entend le papier se déchirer pendant qu'il déballe son paquet. Puis, elle aperçoit ses épaules bouger de haut en bas. Lorsqu'il se retourne, elle comprend pourquoi ses épaules sautillent ainsi. Émile est sur le point d'éclater de rire.

Il soulève sa récompense dans les airs.

— Je suis l'heureux propriétaire d'une chaussette très odorante, dit-il entre deux éclats de rire.

Tout le monde s'esclaffe. La chaussette est vert lime, excepté la portion tachée en dessous.

Madame Demers sourit.

— J'aimerais remercier monsieur Petit de nous avoir fait don de ce prix spécial, précise-t-elle.

Les enfants rient encore plus fort. Émile pose la chaussette sur sa poitrine, comme si c'était l'objet qui lui tenait le plus à cœur.

— OK, Magalie, c'est à ton tour, dit madame Demers.

Émile est très drôle.

Magalie insère la main dans la boîte en riant. L'un des paquets semble tomber dans sa main comme s'il demandait à être choisi. Elle le retire de la boîte puis le soulève.

La classe se tait pendant que Magalie se dirige vers l'avant. Elle déchire un petit morceau de papier et regarde par l'ouverture. C'est vert lime !

Magalie rit si fort qu'elle a de la difficulté à ouvrir son paquet. Lorsqu'elle y parvient enfin, elle soulève la seconde chaussette souillée dans les airs.

— On dirait qu'Émile et Magalie sont faits pour s'entendre, crie Amélie.

Elle se tourne en direction de ses amies. Celles-ci se roulent sur le sol en riant.

Magalie jette un coup d'œil furtif à Émile. Il lui sourit. Elle adore voir les autres heureux et souriants. Il peut parfois être plus difficile de résoudre les conflits d'amitié qu'un problème scolaire. Mais cela en a valu la peine.

— Hé, Magalie, dit Amélie en lui donnant un coup de coude et en souriant. Bon travail.

Magalie lui sourit. Elle réalise soudain à quel point elle a de la chance. À partir de maintenant, elle s'efforcera de rester elle-même.

# Go Girl !

## La nouvelle série qui encourage les filles à se dépasser !

La vraie vie,

De vraies filles,

De vraies amies.

Imprimé au Canada